W0183033

LE VAGABOND DES LIMBES

LE MASQUE DE KOHM

TEXTE DE GODARD

DESSINS DE RIBERA

Mise en couleur : CHAGNAUD

DARGAUD EDITEUR

PARIS • BARCELONE • LAUSANNE • LONDRES • MILAN • MONTREAL • NEW YORK • STUTTGART

© DARGAUD EDITEUR 1984
Tous droits de traduction, de reproduction et d'adaptation strictement réservés pour tous pays.

Dépôt légal : Mai 1986
I S B N 2-205-02753-0
I S S N 0758-4660
Imp. en France en Mai 1986 - Imprimerie du Marval / 94400 Vitry-sur-Seine
Printed in France.

JE VIENS DE REPÉRER UNE ÉPAVE DE PETITES DIMENSIONS... PAS DE RADIATIONS, PAS DE SIGNAUX PARTICULIERS...ELLE VA NOUS PASSER DEVANT LE NEZ DANS PEU DE TEMPS...QU'EST-CE QU'ON FAIT, GÔHR ? ON RATISSE ?
FAIS VOIR !
LES BROOHKS SONT DES SPÉCIALISTES DE L'ACHAT ET DE LA VENTE. ORIGINAIRES POUR LA PLUPART DE LA TRIBU DES M'NHOUCHS, ILS VONT DE PLANÈTE EN PLANÈTE POUR FAIRE DU PETIT NÉGOCE, ET N'ONT GÉNÉRALEMENT PAS BONNE PRESSE CAR IL COURT SUR LEUR COMPTE NOMBRE DE LÉGENDES INQUIÉTANTES...

ON NE SAIT JAMAIS, GÔHR ! AVEC UN PEU DE CHANCE, ÇA PEUT VALOIR UN PETIT QUELQUE CHOSE...
ESSAYONS TOUJOURS !
D'AUTRES, À LEUR PLACE, AURAIENT PRIS DE MULTIPLES PRÉCAUTIONS : MICROÉCOUTE, DÉCONTAMINATION, ÉCHOGRAPHIE, CAR, DANS L'ESPACE, LES ÉPAVES PIÉGÉES NE SONT PAS RARES... MAIS LA PRUDENCE N'EST PAS DANS LA NATURE DES BROOHKS...
C'EST AINSI QUE, POUR LA PREMIÈRE FOIS PEUT-ÊTRE, FUT DÉCOUVERT L'UN DES OBJETS LES PLUS CONVOITÉS QUI SOIENT À L'INTÉRIEUR DES FRONTIÈRES DE LA GUILDE...
PAR PANTRUCH, MON MAÎTRE NOIR, DIEU DES VIOLEURS ET DES ASSASSINS ...
C'EST QUOI, DIS ? C'EST QUOI ?
J'AI DÉJÀ CROISÉ UN TYPE QUI PORTAIT UN MASQUE COMME CELUI-CI... **ÇA C'EST UN SARCO DE KOHMÉDIEN !!!**
AU MÊME MOMENT...
SUR UNE PETITE PLANÈTE DÉSERTE ET DÉPOURVUE D'ATMOSPHÈRE OÙ RELÂCHAIT LE "DAUPHIN D'ARGENT"...
AXLE SORTAIT DE SA TORPEUR COMME ON ÉMERGE DE L'EAU, HORS D'HALEINE...
JE N'EN PEUX PLUS !!!
2/11

REGARDE, AXLE! J'AI ÉTÉ LES CUEILLIR DE L'AUTRE CÔTÉ!... MAIS REGARDE DONC COMME ILS SONT APPÉTISSANTS!...
ELLE LE FAIT EXPRÈS!
LA PEAU SOYEUSE ET DORÉE, LA CHAIR FERME ET GORGÉE DE SÈVE, C'EST UN PLAISIR POUR LA PAUME ET POUR LES YEUX...
TU NE VEUX VRAIMENT PAS Y GOÛTER?
ELLE SE FOUT DE MA GUEULE!
IL N'Y A PERSONNE D'AUTRE ICI, QUE NOUS DEUX!... ALORS QUOI?... QU'EST-CE QUE TU ATTENDS?... QUE LA VERMINE S'Y INSTALLE ET QU'ILS FERMENTENT COMME DEUX VIEUX PETS?
LA PESTE, LA CHIASSE ET LA VÉROLE SOIENT SUR CETTE FOUTUE DONZELLE QUI NE DÉSARME PAS!!!...
ET QU'UN CHANCRE ME BOUFFE LANGUE ET PALAIS POUR M'EMPÊCHER DE PARLER! (*)
SPLAAAFF
(*) Lire "Le dernier prédateur".
3/11

PUTENTRAILLES, TU N'AS PAS LE CHOIX ! IL FAUDRA POURTANT BIEN QUE TU Y GOÛTES UN JOUR !
A CEUX-LÀ ? JAMAIS !
JAMAIS.
PATCH
...SAUF SI LE DIABLE, LE SALAUD, ME FORCE LA MAIN.
FOUIZZZZ...
MATT GAMMONE
OUAAÂMMM ! BONJOUR, AXLE !... OUILLE, MON BRAS !... HEUREUX DE VOUS VOIR... VOUS AVEZ BESOIN DE MOI ? (*)
OUI. MATT...
POUR CONSTRUIRE UN RENIFLEUR DE COULOIR SUPRATEMPOREL !!!
HEIN ?!?... VOUS... PLAISANTEZ ?
(*) Professeur Mat Gammone, humanoïde et savant. Voir Le Vagabond des Limbes, tome 1.

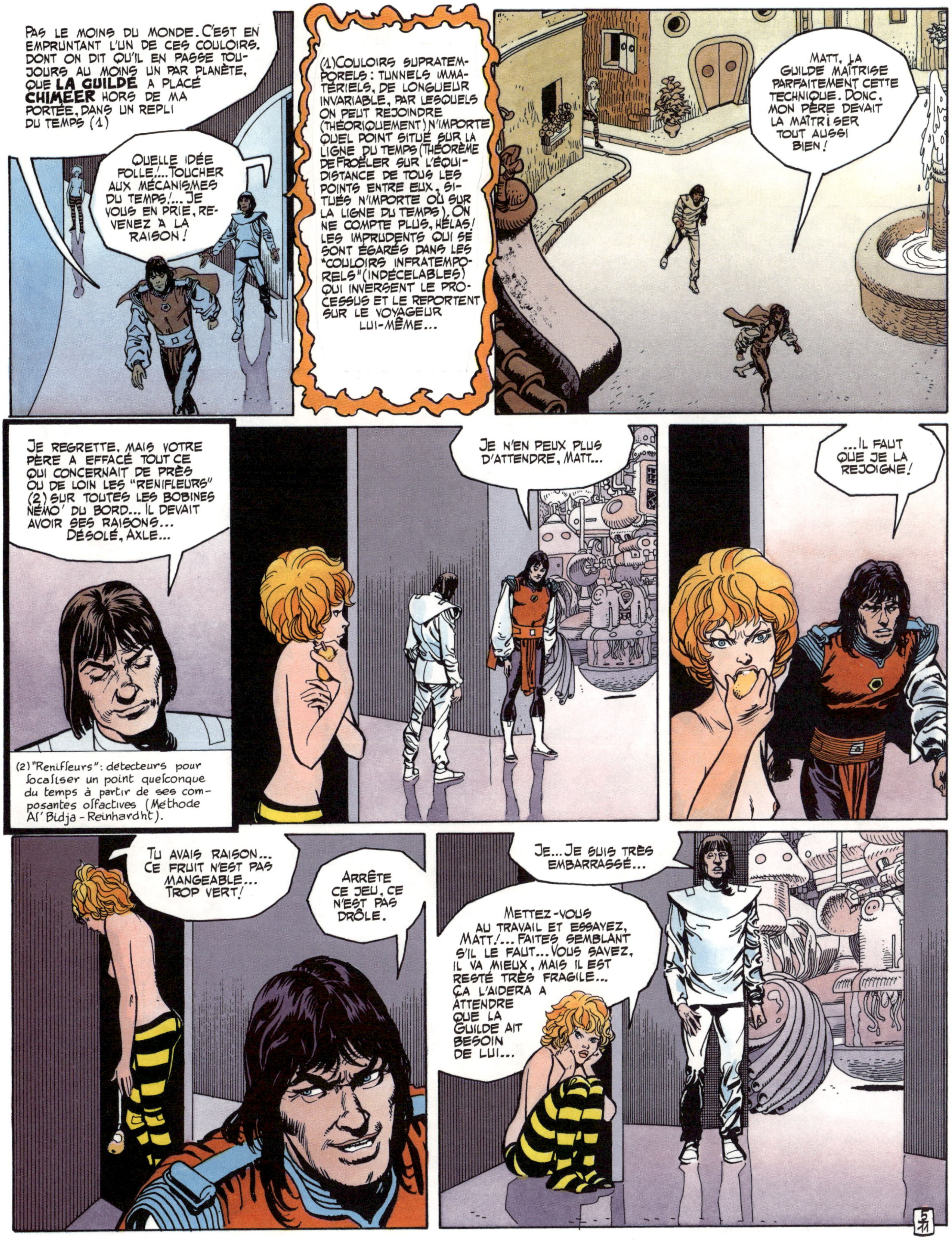
PAS LE MOINS DU MONDE. C'EST EN EMPRUNTANT L'UN DE CES COULOIRS, DONT ON DIT QU'IL EN PASSE TOUJOURS AU MOINS UN PAR PLANÈTE, QUE **LA GUILDE CHIMEER** A PLACÉ HORS DE MA PORTÉE, DANS UN REPLI DU TEMPS (1)
QUELLE IDÉE FOLLE!... TOUCHER AUX MÉCANISMES DU TEMPS!... JE VOUS EN PRIE, REVENEZ À LA RAISON!
(1) COULOIRS SUPRATEMPORELS : TUNNELS IMMATÉRIELS, DE LONGUEUR INVARIABLE, PAR LESQUELS ON PEUT REJOINDRE (THÉORIQUEMENT) N'IMPORTE QUEL POINT SITUÉ SUR LA LIGNE DU TEMPS (THÉORÈME DE FROËLER SUR L'ÉQUIDISTANCE DE TOUS LES POINTS ENTRE EUX, SITUÉS N'IMPORTE OÙ SUR LA LIGNE DU TEMPS). ON NE COMPTE PLUS, HÉLAS! LES IMPRUDENTS QUI SE SONT ÉGARÉS DANS LES "COULOIRS INFRATEMPORELS" (INDÉCELABLES) QUI INVERSENT LE PROCESSUS ET LE REPORTENT SUR LE VOYAGEUR LUI-MÊME...
MATT, LA GUILDE MAÎTRISE PARFAITEMENT CETTE TECHNIQUE. DONC, MON PÈRE DEVAIT LA MAÎTRISER TOUT AUSSI BIEN!
JE REGRETTE, MAIS VOTRE PÈRE A EFFACÉ TOUT CE QUI CONCERNAIT DE PRÈS OU DE LOIN LES "RENIFLEURS" (2) SUR TOUTES LES BOBINES NÉMO' DU BORD... IL DEVAIT AVOIR SES RAISONS... DÉSOLÉ, AXLE...
(2) "Renifleurs" : détecteurs pour localiser un point quelconque du temps à partir de ses composantes olfactives (Méthode Al' Bidja - Reinhardht).
JE N'EN PEUX PLUS D'ATTENDRE, MATT...
...IL FAUT QUE JE LA REJOIGNE!
TU AVAIS RAISON... CE FRUIT N'EST PAS MANGEABLE... TROP VERT!
ARRÊTE CE JEU, CE N'EST PAS DRÔLE.
JE... JE SUIS TRÈS EMBARRASSÉ...
METTEZ-VOUS AU TRAVAIL ET ESSAYEZ, MATT!... FAITES SEMBLANT S'IL LE FAUT... VOUS SAVEZ, IL VA MIEUX, MAIS IL EST RESTÉ TRÈS FRAGILE... ÇA L'AIDERA À ATTENDRE QUE LA GUILDE AIT BESOIN DE LUI...

(1) Carnet d'or : Compte bancaire inépuisable, selon les normes B. permettant d'acquérir tout ce qui est achetable jusqu'à la licence IV. Soit presque tout sauf les âmes.

MAIS ALORS... NOUS SOMMES RICHES!!!
C'EST AINSI QUE MAGH-MUHL, CHEF FLIKOGN' DE LA 23e COMPAGNIE PÉRIPHÉRIQUE, RAPPORTA UN SARCO DE KÖHMÉDIEN, LE PREMIER JAMAIS REPÊCHÉ, ET LE REMIT AU Q.G....
MALHEUREUSEMENT LE LIEUT' MAGH-LÉH, MON ADJOINT, A ÉTÉ ASSASSINÉ PAR L'UN DES BROOHKS, QUE J'AI DÛ ÉLIMINER AUSSITÔT DE MES PROPRES MAINS...
LAISSONS CELA!
LE VIEUX MÉDIAT LUI-MÊME, CHEF SUPRÊME DU CONSEIL SUPÉRIEUR DE RÉGENCE (*), DAIGNA QUITTER SES APPARTEMENTS ET SE RENDIT AU LABO CENTRAL POUR LE VOIR...
NOS SPÉCIALISTES ONT RAPIDEMENT DÉCHIFFRÉ LE MÉCANISME DE VERROUILLAGE, MÉDIAT SUPRÊME, ET NOUS VOUS ATTENDIONS POUR L'OUVERTURE...
(*) Lire Le Vagabond des limbes, tome 1
ANSI DONC, VOILÀ À QUOI RESSEMBLE LE VRAI VISAGE D'UN KÖHMÉDIEN, SANS SON MASQUE...

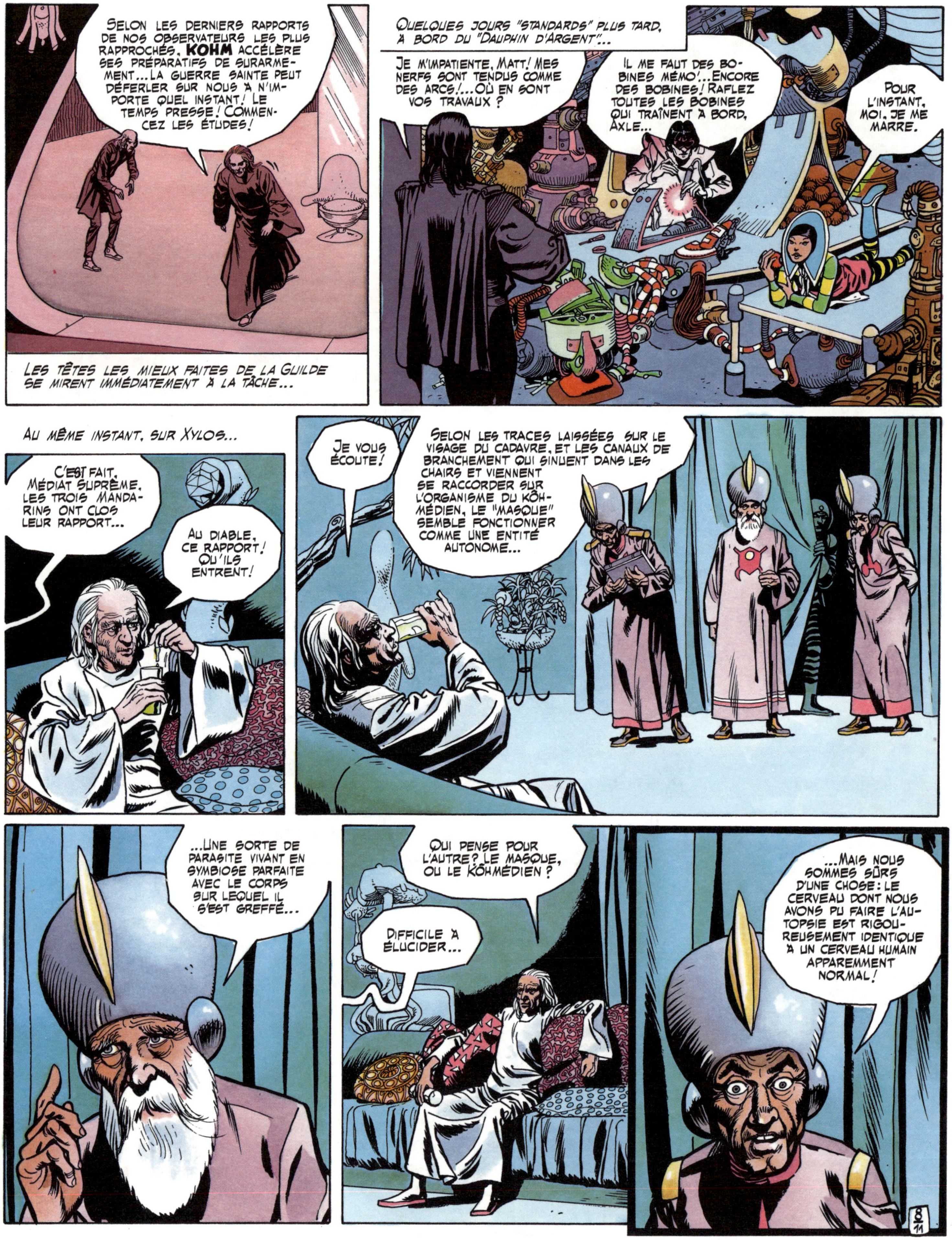
SELON LES DERNIERS RAPPORTS DE NOS OBSERVATEURS LES PLUS RAPPROCHÉS, KOHM ACCÉLÈRE SES PRÉPARATIFS DE SURARMEMENT... LA GUERRE SAINTE PEUT DÉFERLER SUR NOUS À N'IMPORTE QUEL INSTANT! LE TEMPS PRESSE! COMMENCEZ LES ÉTUDES!
LES TÊTES LES MIEUX FAITES DE LA GUILDE SE MIRENT IMMÉDIATEMENT À LA TÂCHE...
QUELQUES JOURS "STANDARDS" PLUS TARD, À BORD DU "DAUPHIN D'ARGENT"...
JE M'IMPATIENTE, MATT! MES NERFS SONT TENDUS COMME DES ARCS!... OÙ EN SONT VOS TRAVAUX ?
IL ME FAUT DES BOBINES MÉMO!... ENCORE DES BOBINES! RAFLEZ TOUTES LES BOBINES QUI TRAÎNENT À BORD, AXLE...
POUR L'INSTANT, MOI, JE ME MARRE.
AU MÊME INSTANT, SUR XYLOS...
C'EST FAIT, MÉDIAT SUPRÊME. LES TROIS MANDARINS ONT CLOS LEUR RAPPORT...
AU DIABLE, CE RAPPORT! QU'ILS ENTRENT!
JE VOUS ÉCOUTE!
SELON LES TRACES LAISSÉES SUR LE VISAGE DU CADAVRE, ET LES CANAUX DE BRANCHEMENT QUI SINUENT DANS LES CHAIRS ET VIENNENT SE RACCORDER SUR L'ORGANISME DU KÔHMÉDIEN, LE "MASQUE" SEMBLE FONCTIONNER COMME UNE ENTITÉ AUTONOME...
...UNE SORTE DE PARASITE VIVANT EN SYMBIOSE PARFAITE AVEC LE CORPS SUR LEQUEL IL S'EST GREFFÉ...
QUI PENSE POUR L'AUTRE? LE MASQUE, OU LE KÔHMÉDIEN ?
DIFFICILE À ÉLUCIDER...
...MAIS NOUS SOMMES SÛRS D'UNE CHOSE: LE CERVEAU DONT NOUS AVONS PU FAIRE L'AUTOPSIE EST RIGOUREUSEMENT IDENTIQUE À UN CERVEAU HUMAIN APPAREMMENT NORMAL!
8/11

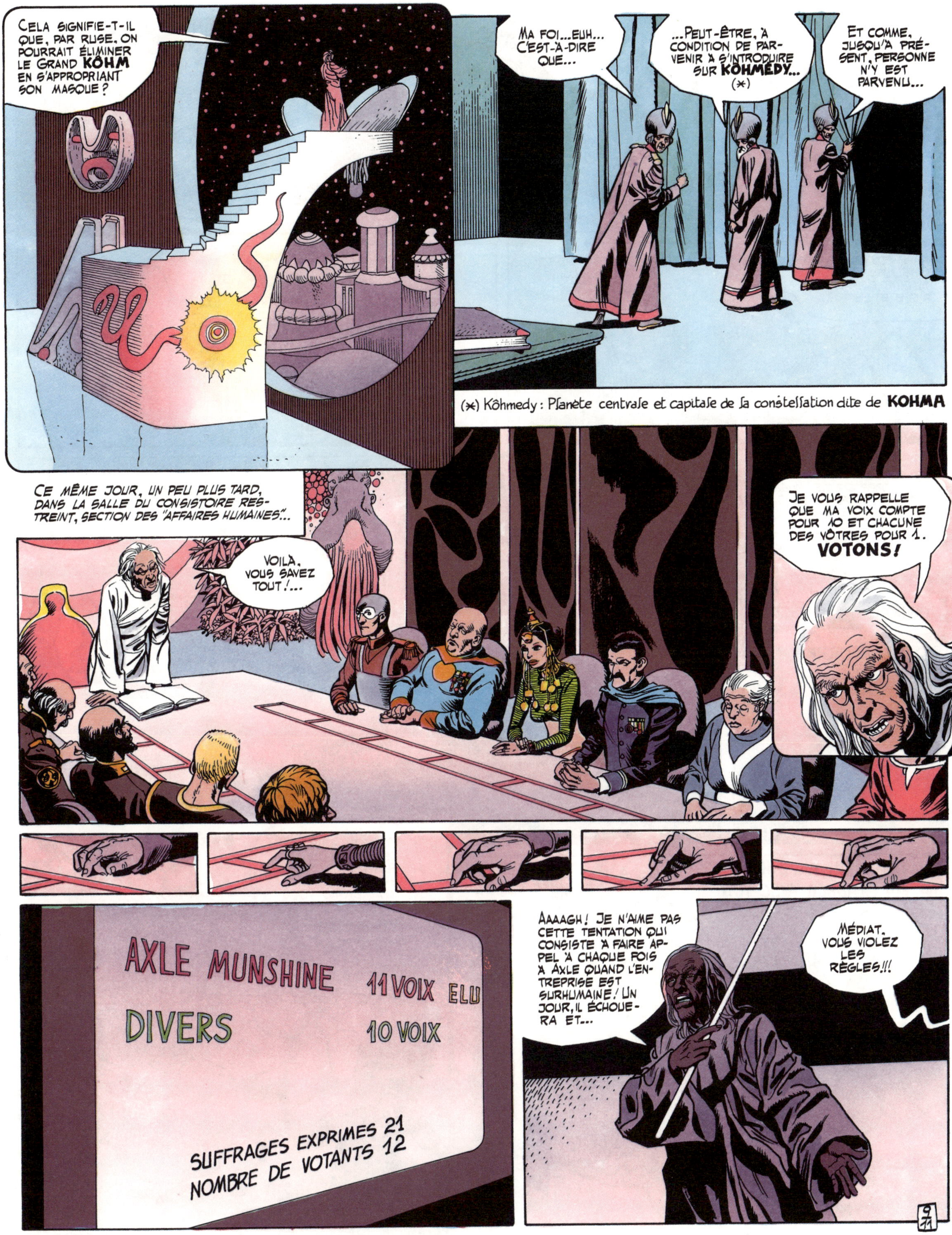
CELA SIGNIFIE-T-IL QUE, PAR RUSE, ON POURRAIT ÉLIMINER LE GRAND **KÔHM** EN S'APPROPRIANT SON MASQUE ?
MA FOI...EUH... C'EST-À-DIRE QUE...
...PEUT-ÊTRE, À CONDITION DE PARVENIR À S'INTRODUIRE SUR **KÔHMEDY**... (*)
ET COMME, JUSQU'À PRÉSENT, PERSONNE N'Y EST PARVENU...
(*) Kôhmedy : Planète centrale et capitale de la constellation dite de **KOHMA**
CE MÊME JOUR, UN PEU PLUS TARD, DANS LA SALLE DU CONSISTOIRE RESTREINT, SECTION DES "AFFAIRES HUMAINES"...
VOILÀ, VOUS SAVEZ TOUT !...
JE VOUS RAPPELLE QUE MA VOIX COMPTE POUR 10 ET CHACUNE DES VÔTRES POUR 1. **VOTONS !**
AXLE MUNSHINE 11 VOIX ELU
DIVERS 10 VOIX
SUFFRAGES EXPRIMES 21
NOMBRE DE VOTANTS 12
AAAAGH ! JE N'AIME PAS CETTE TENTATION QUI CONSISTE À FAIRE APPEL À CHAQUE FOIS À AXLE QUAND L'ENTREPRISE EST SURHUMAINE ! UN JOUR, IL ÉCHOUERA ET...
MÉDIAT, VOUS VIOLEZ LES RÈGLES !!!
9/11

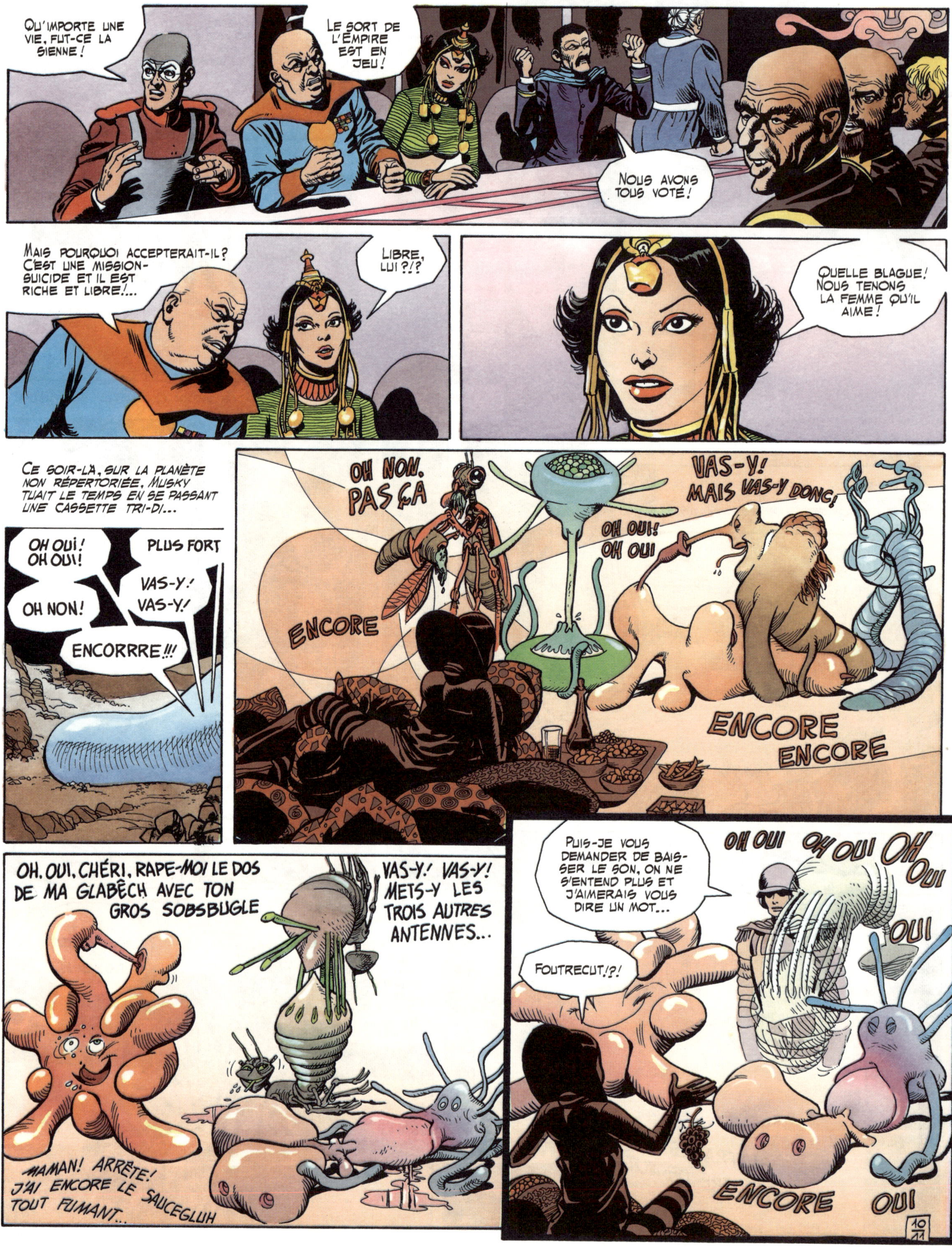
QU'IMPORTE UNE VIE, FUT-CE LA SIENNE !
LE SORT DE L'EMPIRE EST EN JEU !
NOUS AVONS TOUS VOTÉ !
MAIS POURQUOI ACCEPTERAIT-IL? C'EST UNE MISSION-SUICIDE ET IL EST RICHE ET LIBRE!...
LIBRE, LUI ?!?
QUELLE BLAGUE ! NOUS TENONS LA FEMME QU'IL AIME !
CE SOIR-LÀ, SUR LA PLANÈTE NON RÉPERTORIÉE, MUSKY TUAIT LE TEMPS EN SE PASSANT UNE CASSETTE TRI-DI...
OH OUI ! OH OUI !
PLUS FORT
VAS-Y ! VAS-Y !
OH NON !
ENCORRRE !!!
OH NON. PAS ÇA
VAS-Y ! MAIS VAS-Y DONC !
OH OUI ! OH OUI
ENCORE
ENCORE
ENCORE
OH. OUI. CHÉRI. RAPE-MOI LE DOS DE MA GLABÊCH AVEC TON GROS SOBSBUGLE
VAS-Y ! VAS-Y ! METS-Y LES TROIS AUTRES ANTENNES...
MAMAN ! ARRÊTE ! J'AI ENCORE LE SAUCEGLUH TOUT FUMANT...
PUIS-JE VOUS DEMANDER DE BAISSER LE SON, ON NE S'ENTEND PLUS ET J'AIMERAIS VOUS DIRE UN MOT...
OH OUI OH OUI OH OUI
OUI
FOUTRECUT !?!
ENCORE OUI

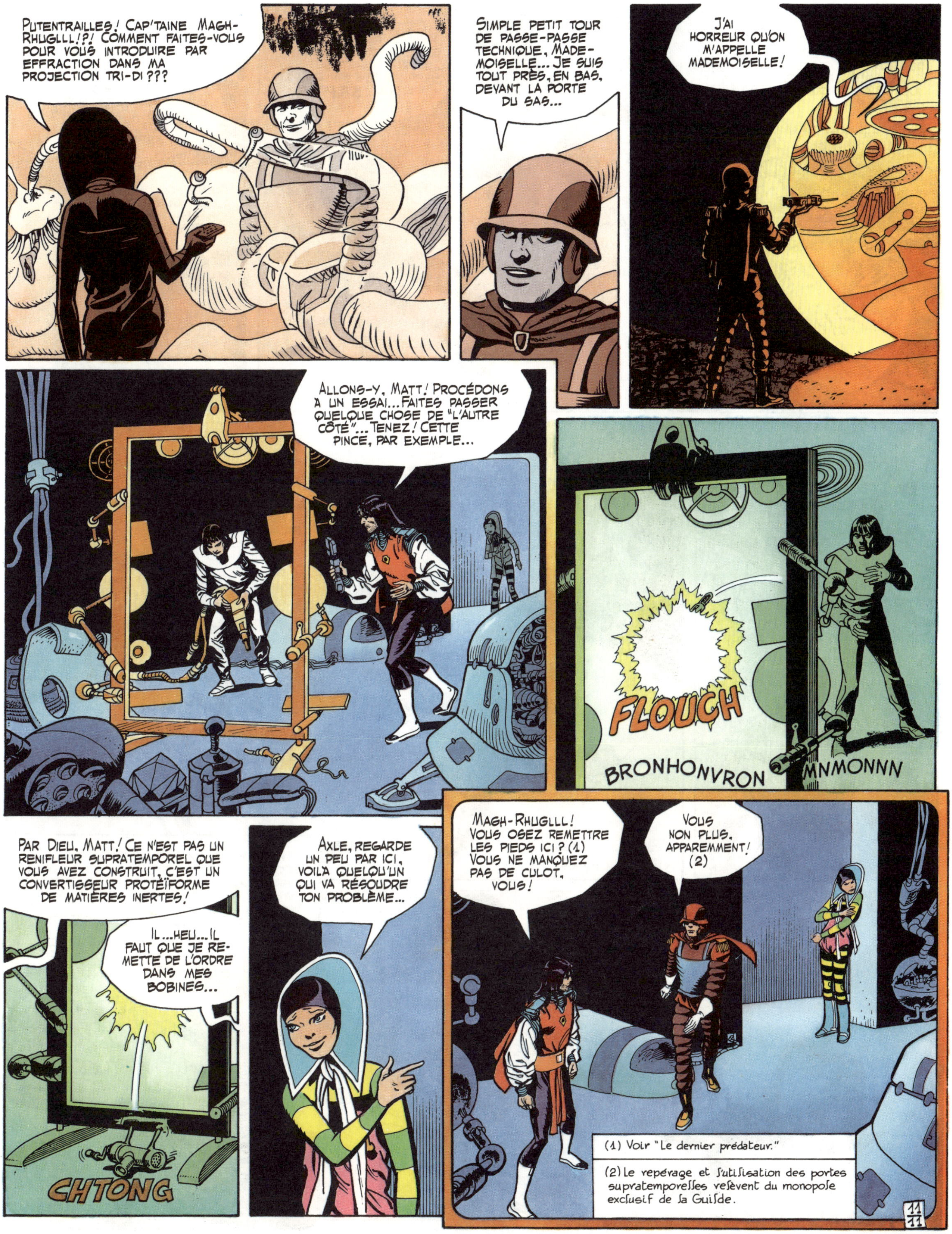
PUTENTRAILLES! CAP'TAINE MAGH-RHUGLLL!?! COMMENT FAITES-VOUS POUR VOUS INTRODUIRE PAR EFFRACTION DANS MA PROJECTION TRI-DI???
SIMPLE PETIT TOUR DE PASSE-PASSE TECHNIQUE, MADEMOISELLE... JE SUIS TOUT PRÈS, EN BAS, DEVANT LA PORTE DU SAS...
J'AI HORREUR QU'ON M'APPELLE MADEMOISELLE!
ALLONS-Y, MATT! PROCÉDONS À UN ESSAI... FAITES PASSER QUELQUE CHOSE DE "L'AUTRE CÔTÉ"... TENEZ! CETTE PINCE, PAR EXEMPLE...
FLOUCH
BRONHONVRON
MNMONNN
PAR DIEU, MATT! CE N'EST PAS UN RENIFLEUR SUPRATEMPOREL QUE VOUS AVEZ CONSTRUIT, C'EST UN CONVERTISSEUR PROTÉÏFORME DE MATIÈRES INERTES!
IL... HEU... IL FAUT QUE JE REMETTE DE L'ORDRE DANS MES BOBINES...
CHTONG
AXLE, REGARDE UN PEU PAR ICI, VOILÀ QUELQU'UN QUI VA RÉSOUDRE TON PROBLÈME...
MAGH-RHUGLLL! VOUS OSEZ REMETTRE LES PIEDS ICI? (1) VOUS NE MANQUEZ PAS DE CULOT, VOUS!
VOUS NON PLUS, APPAREMMENT! (2)
(1) Voir "Le dernier prédateur."
(2) Le repérage et l'utilisation des portes supratemporelles relèvent du monopole exclusif de la Guilde.
11/11

LA FERME! LA DERNIÈRE FOIS QUE NOUS AVONS PASSÉ UN MARCHÉ, JE N'AI ÉTÉ MAINTENU DE "L'AUTRE CÔTÉ" QUE QUELQUES SECONDES À PEINE! VOUS M'AVEZ ROULÉ! FOUTEZ LE CAMP!
CETTE FOIS, JE SUIS HABILITÉ PAR LE CONSISTOIRE À VOUS... AOUTCH! ...OFFRIR DAVANTAGE! SEPT MINUTES STANDARDS "V.L. SOL"! SEPT!
PONF!
J'EN VEUX TRENTE!
TRENTE?!? MAIS VOUS ÊTES FOU, AXLE! CELA OCCASIONNERAIT DE TELLES PERTURBATIONS DANS LES ZONES DE DIFFRACTION QU'IL FAUDRAIT ENSUITE DES ANNÉES À UNE ÉQUIPE DE SPÉCIALISTES POUR RÉPARER LES...
TRENTE, OU ALLEZ VOUS FAIRE FOUTRE!
C'EST BON, J'ACCEPTE!
ALLONS TRINQUER!
LE SALAUD!
SCKRATCH
VOUS ÊTES RAIDE EN AFFAIRES, MAIS JE VOUS COMPRENDS! LA PETITE (*) A ÉTÉ AVERTIE DE LA POSSIBILITÉ QUI VOUS SERAIT OFFERTE, ET ELLE ÉTAIT TELLEMENT EXCITÉE QU'IL A FALLU LUI ADMINISTRER DES CALMANTS...
LAISSEZ CELA, ET DITES-MOI PLUTÔT QUELLE MISSION EXACTEMENT JE VIENS D'ACCEPTER LES YEUX FERMÉS...
(*) Petite : Chimeer.
VOUS VENEZ DE CONSENTIR À VOUS INTRODUIRE SUR KÔHM...
SUR KÔHM?!?
... POUR Y DÉMASQUER LE MONARQUE QUI PRÉPARE LA GUERRE SAINTE, POUR RÉCUPÉRER LE MASQUE PENDANT QU'IL SERA ENCORE "VIVANT", ET POUR LE GREFFER SUR LE VISAGE D'UN HOMME TOUT DÉVOUÉ À LA GUILDE!!!
?!?
12 11

EXCUSEZ MA FRANCHISE, AXLE, MAIS PERMETTEZ-MOI DE VOUS DIRE QUE JE TROUVE CE PROJET DE COMPLOT GROTESQUE!
MOI AUSSI. COMPLÈTEMENT GROTESQUE.
ET VOUS SAVEZ FORT BIEN POURQUOI, AXLE! PERSONNE, JAMAIS, N'EST PARVENU À S'INTRODUIRE DANS "KÔHMA LA MYSTÉRIEUSE"...
KÔHMA!... LA PLUS IMPORTANTE ET LA PLUS ÉTRANGE DES CONSTELLATIONS DE LA GALAXIE! MUETTE, MURÉE, IMPÉNÉTRABLE, INTERDITE! DANS KÔHMA, SEULS LES ASSASSINS NE PORTENT PAS DE MASQUE...
POUSSE LES MACHINES, HOBSON! JE N'AIME PAS NAVIGUER DANS CE COIN-LÀ...
PREMIER PRODUCTEUR DE QUETZAL, KÔHMA FOURNIT À LA GUILDE QUATRE-VINGT-QUINZE POUR CENT DE SES RESSOURCES ÉNERGÉTIQUES DANS LE CADRE D'ÉCHANGES COMMERCIAUX IMPITOYABLEMENT NÉGOCIÉS, ET QUI LUI RAPPORTENT DES BIENS DE CONSOMMATION, DES PRODUITS MANUFACTURÉS, ET DES ARMES! DES ARMES... TOUJOURS PLUS D'ARMES CONTRE TOUJOURS MOINS DE QUETZAL...
QUETZAL! DEUX SYLLABES QUI RÉSONNENT COMME UNE SOMBRE ÉPOPÉE!... L'ÉTAMINE FABULEUSE DE QUETZALITZ, (*) SEULE PLANTE CONNUE CAPABLE DE PRODUIRE L'EXTRAORDINAIRE MINERAI... DES ESTIMATIONS SÉRIEUSES BASÉES SUR LES QUANTITÉS ÉCHANGÉES LAISSENT À PENSER QUE DES SYSTÈMES PLANÉTAIRES ENTIERS DE KÔHMA SERAIENT SEMÉS DE CHAMPS INFINIS DE QUETZALITZ...
SUFFOCANTE ÉVOCATION!
(*) Quezalitz : Lire le Labyrinthe virginal.
13/11

LES RELATIONS D'AFFAIRES ENTRE LA GUILDE ET KÔHM, QUI SE DÉROULENT TOUJOURS EN TERRAIN NEUTRE - SUR MAHA-MANDUKA PAR EXEMPLE - BIEN QUE TOUJOURS MARQUÉES PAR LA MÉFIANCE, ONT CONNU UNE LONGUE PÉRIODE DE PROSPÉRITÉ TRANQUILLE...
HÉLAS! CETTE PÉRIODE INSOUCIANTE EST COMPLÈTEMENT RÉVOLUE, ET, CE COMPLOT, NOUS Y SOMMES ACCULÉS!...
LE GRAND KÔHM A MULTIPLIÉ PAR CENT SES ACHATS D'ARMEMENTS, TRAITANT MÊME AVEC DES DISSIDENTS IRRÉCUPÉRABLES, ET DANS LE MÊME TEMPS DIMINUÉ DE MOITIÉ NOTRE APPROVISIONNEMENT ÉNERGÉTIQUE. L'ÉCONOMIE DE LA GUILDE TOUT ENTIÈRE EST MENACÉE D'ASPHYXIE. LA STRATÉGIE EST CLAIRE: NOUS RUINER, NOUS ASSERVIR, ET FAIRE RÉGNER SUR CETTE PARTIE DE L'UNIVERS UN NOUVEL ORDRE RELIGIEUX...
PFFF! AU DIABLE LE GRAND KÔHM, ET TOUT LE RESTE! QU'EST-CE QUE ÇA PEUT NOUS FAIRE, À NOUS, TOUTES CES BALIVERNES!
MUSKY A RAISON! NE VOUS FATIGUEZ PAS, MON VIEUX. JE N'AI PAS BESOIN D'ALIBI...
SEULS LES INTERDITS ME SEMBLENT DOUX À VIOLER. ALLEZ RASSURER LE CONSISTOIRE ET DITES-LUI BIEN QU'À MON RETOUR JE COMPTERAI CHAQUE SECONDE DES TRENTE MINUTES PROMISES!
JE T'ACCOMPAGNE.
POUR FAIRE ÉCHOUER LE COMPLOT?
DEVINE!

OUAIS. BON. PEU IMPORTE. NOUS VERRONS BIEN.
ALORS, COMME ÇA, TOI, L'ANCIEN GRAND CONCILIATEUR, TE VOILÀ PASSÉ MERCENAIRE, EN SOMME ?!?
JE N'AI PLUS TELLEMENT DE GOÛT POUR LA CONCILIATION...
EXACT.
C'EST ÇA ! AU FOND, TU TE FICHES DES THÈSES DE LA GUILDE ET DE LA VÉRACITÉ DES AFFIRMATIONS DU CAPITAINE, TU TE MOQUES DES THÉORIES DU GRAND KÖHM ET DE LA FOI QUI L'ANIME, TU TE BATS L'OEIL DE LA JUSTESSE DE LA MISSION QU'ON TE PROPOSE ET DE TOUT LE RESTE...
N'IMPORTE QUOI POUR POUVOIR PASSER UNE DEMI-HEURE AVEC TA PUTAIN HUMIDE ET ROSE, PAS VRAI ?
ENCORE EXACT.
N'IMPORTE QUOI, PETIT CLOWN. UN CARNAGE, S'IL LE FAUT.
JUSTEMENT, AXLE, À CE SUJET, JE VOUDRAIS VOUS PARLER...

PUTAMERDASSE! CE QUE ÇA PEUT FAIRE COMME DÉGÂTS DANS LA TÊTE D'UN MEC, LA BAISE...
JE NE ME SUIS JAMAIS SENTIE AUSSI FEMME QU'EN CE MOMENT...
SI VOUS LE PERMETTEZ J'AIMERAIS AUTANT ÊTRE DÉCONNECTÉ, ET RETOURNER M'ASSEOIR TRANQUILLEMENT DANS LE MAGASIN... JE... JE N'AIME PAS CE QUI SE PRÉPARE...
VOUS ÊTES MON AMI, MATT. J'AI BESOIN DE VOUS. S'IL VOUS PLAÎT!
VOUS SAVEZ BIEN, AXLE, QUE JE NE SUIS PAS CONÇU NI CONSTRUIT POUR POUVOIR VOUS DIRE NON, QUAND BIEN MÊME LA LOGIQUE... INUTILE DONC D'EXPRIMER AVEC MOI LE TROP PLEIN DE TENDRESSE QUE VOUS AVEZ TANT DE MAL À NE PAS DÉVERSER PAR AILLEURS...
N'EN PROFITEZ PAS POUR JOUER À L'ESPRIT FORT. MON PÈRE A-T-IL ENTRETENU DES RAPPORTS AVEC "KÔHMA"?
IL FUT, UN TEMPS, INVESTI D'UNE MISSION DÉLICATE, (DONT LES RESSORTS M'ÉCHAPPENT) AUPRÈS DU CHARGÉ D'AFFAIRES KÔHMÉDIEN, ME SEMBLE-T-IL. JE RETROUVE À L'INSTANT CES DÉTAILS INSCRITS AU FIN FOND D'UNE BOBINE...
XX-33
WT-120
RES'-1, 2, 3.
TUB-107
DONC, DES INFORMATIONS PRÉCIEUSES SONT STOCKÉES DANS LA BIBLIO DU BORD... VOILÀ POURQUOI LE CONSISTOIRE A PRIS TANT DE RISQUES ET VOTÉ POUR MOI!
16/11

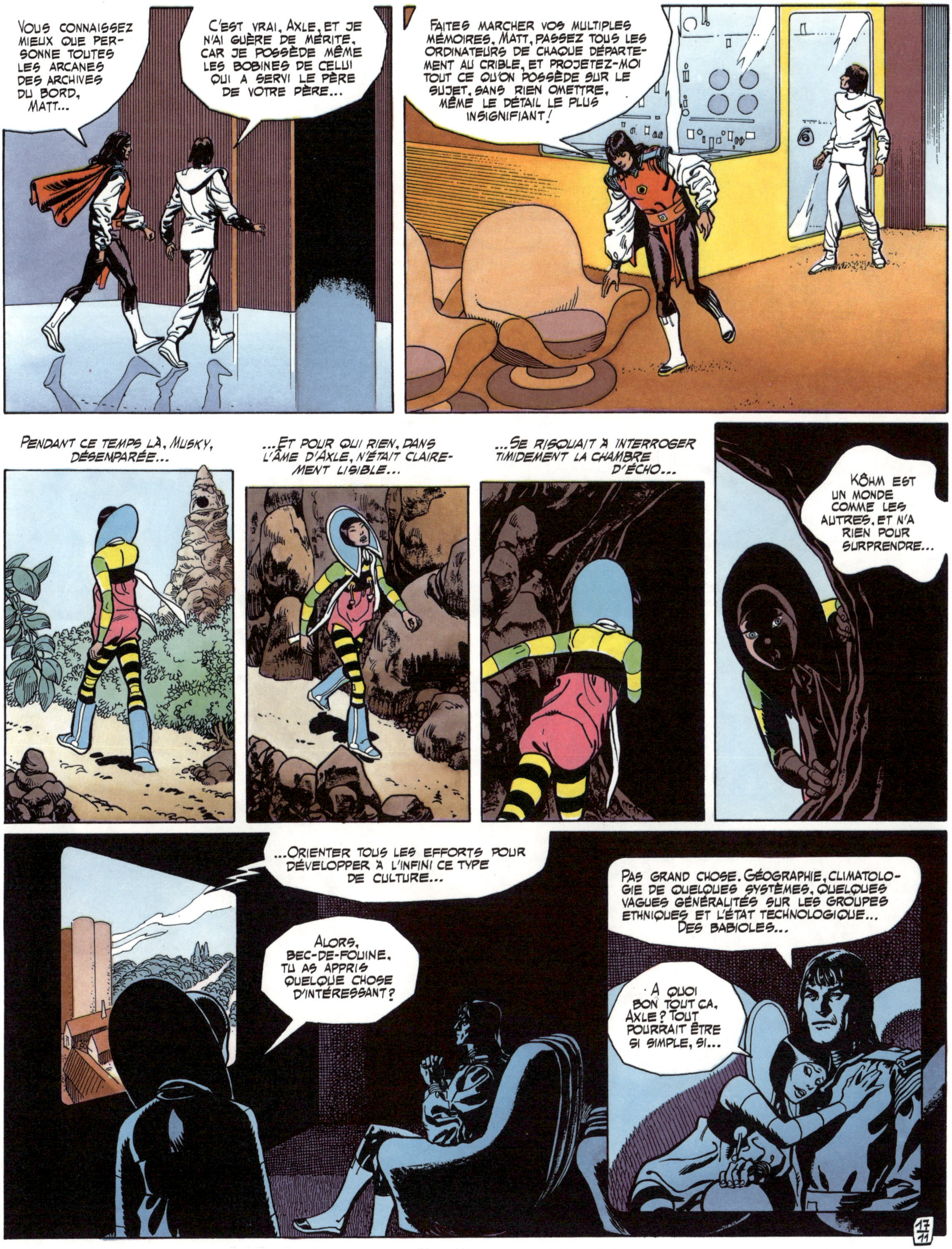
VOUS CONNAISSEZ MIEUX QUE PERSONNE TOUTES LES ARCANES DES ARCHIVES DU BORD, MATT...
C'EST VRAI, AXLE, ET JE N'AI GUÈRE DE MÉRITE, CAR JE POSSÈDE MÊME LES BOBINES DE CELUI QUI A SERVI LE PÈRE DE VOTRE PÈRE...
FAITES MARCHER VOS MULTIPLES MÉMOIRES, MATT, PASSEZ TOUS LES ORDINATEURS DE CHAQUE DÉPARTEMENT AU CRIBLE, ET PROJETEZ-MOI TOUT CE QU'ON POSSÈDE SUR LE SUJET, SANS RIEN OMETTRE, MÊME LE DÉTAIL LE PLUS INSIGNIFIANT !
PENDANT CE TEMPS LÀ, MUSKY, DÉSEMPARÉE...
...ET POUR QUI RIEN, DANS L'ÂME D'AXLE, N'ÉTAIT CLAIREMENT LISIBLE...
...SE RISQUAIT À INTERROGER TIMIDEMENT LA CHAMBRE D'ÉCHO...
KÔHM EST UN MONDE COMME LES AUTRES, ET N'A RIEN POUR SURPRENDRE...
...ORIENTER TOUS LES EFFORTS POUR DÉVELOPPER À L'INFINI CE TYPE DE CULTURE...
ALORS, BEC-DE-FOUINE, TU AS APPRIS QUELQUE CHOSE D'INTÉRESSANT ?
PAS GRAND CHOSE. GÉOGRAPHIE, CLIMATOLOGIE DE QUELQUES SYSTÈMES, QUELQUES VAGUES GÉNÉRALITÉS SUR LES GROUPES ETHNIQUES ET L'ÉTAT TECHNOLOGIQUE... DES BABIOLES...
A QUOI BON TOUT ÇA, AXLE ? TOUT POURRAIT ÊTRE SI SIMPLE, SI...

COURTE SÉQUENCE TIRÉE D'UN FILMOFIL EN SPIRALTREX PARTIELLEMENT DÉCOMPOSÉ. DÉCOUVERT SUR PROPYLA IV DANS UN TOMBEAU KARBOSTYREN.
PXZR^{34}- REPT TROIS X
DEPT. ZONES NÉMO-11
SUFFIT! ECOUTE PLUTÔT ÇA, MATT A PEUT-ÊTRE EU LA MAIN HEUREUSE, CETTE FOIS...
KROTCH-BLIOUHIK... DANS-SCRATCH-UN SEUL ET UNIQUE LAC DONT L'IMAGE NOUS EST PARVENUE MAIS DONT NOUS IGNORONS L'EMPLACEMENT...
...CEPENDANT, À L'ÉTAT NATUREL, ET D'APRÈS CES DOCUMENTS, IL SEMBLE ÉTABLI QUE LES MASQUES APPARTIENNENT À LA GRANDE FAMILLE NAGEUSE DES COELENTÉRÉS DENDROPHYLLIQUES DONT IL EST IMPOSSIBLE DE RÉPERTORIER TOUTES LES VARIÉTÉS TANT ELLES SONT NOMBREUSES...
...LA "BOUCHE", SOUVENT ENTOURÉE DE BRAS, S'OUVRE AU CENTRE DE LA FACE INTÉRIEURE ET PERMET LE PHÉNOMÈNE SI PARTICULIER DU BIO-BRANCHEMENT ÉNERGÉTIQUE...
AVANT QU'ILS NE SOIENT CULTIVÉS EN MILIEU FERMÉ ET CONTRÔLÉ, IL SEMBLE DONC ACQUIS QU'ILS VIVAIENT EN SYMBIOSE PARFAITE AVEC D'AUTRES RACES MARINES TELLES QUE LE LAMANTIN MARMORÉEN, LA POULPEUSE ELFANTINE OU LE GIGANTHIPPOCAMPE SALICORNE...
18/11

EN L'ÉTAT ACTUEL DE NOS CONNAISSANCES, NOUS NE SAVONS PAS À LA SUITE DE QUEL PROCESSUS SE SONT DÉVELOPPÉES DANS LA CONSTELLATION LES RÈGLES INTANGIBLES DE CLASSIFICATION DES MASQUES...
JE N'AI PAS MANGÉ DEPUIS TROIS JOURS...
...ET COMMENT S'EST INSTAURÉE LA "LOI DE SYMBIOPOSSESSION" SELON LAQUELLE IL SUFFIT D'ÊTRE "SYMBIOPARÉ" D'UN MASQUE POUR EXERCER LA FONCTION SOCIALE QUI S'Y RATTACHE...
AU LARGE, VERMINE !
...UNE CHOSE SEMBLE CLAIREMENT ÉTABLIE : PLUS UNE VARIÉTÉ DE MASQUE EST RARE, ET PLUS LES FONCTIONS QUI EN DÉCOULENT SONT ÉLEVÉES...
BRAVO!
QU'IL EST BEAU !
QU'IL EST FORT!
VIVE LE GÉNÉRAL NETTOYEUR!
...AINSI PRÉTEND-ON QUE LE MASQUE DU GRAND KÔHM EST LE DERNIER SPÉCIMEN CONNU À CE JOUR...

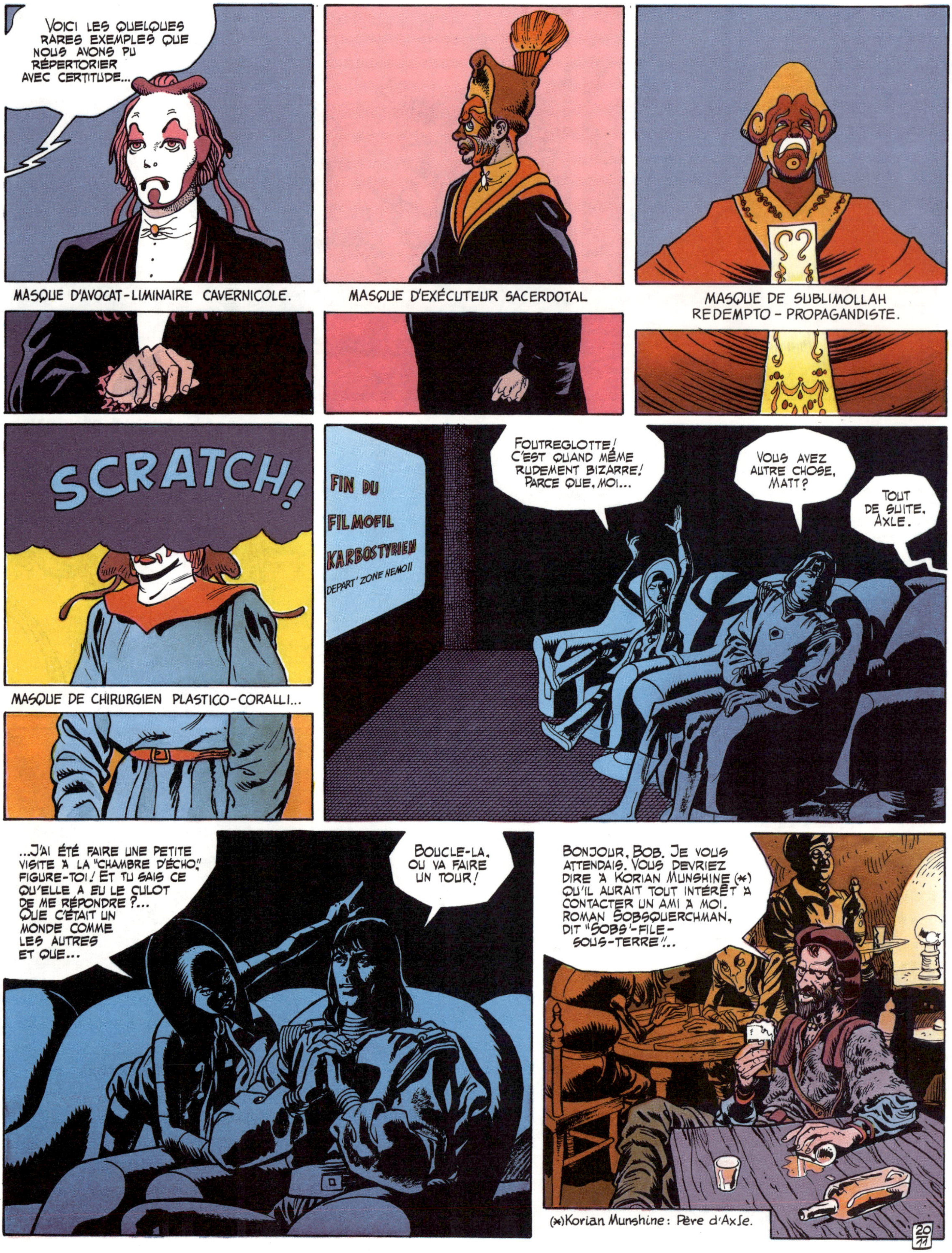
VOICI LES QUELQUES RARES EXEMPLES QUE NOUS AVONS PU RÉPERTORIER AVEC CERTITUDE...
MASQUE D'AVOCAT-LIMINAIRE CAVERNICOLE.
MASQUE D'EXÉCUTEUR SACERDOTAL
MASQUE DE SUBLIMOLLAH REDEMPTO-PROPAGANDISTE.
SCRATCH!
MASQUE DE CHIRURGIEN PLASTICO-CORALLI...
FIN DU FILMOFIL KARBOSTYRIEN DEPART ZONE NEMO II
FOUTREGLOTTE! C'EST QUAND MÊME RUDEMENT BIZARRE! PARCE QUE, MOI...
VOUS AVEZ AUTRE CHOSE, MATT?
TOUT DE SUITE, AXLE.
...J'AI ÉTÉ FAIRE UNE PETITE VISITE À LA "CHAMBRE D'ÉCHO," FIGURE-TOI! ET TU SAIS CE QU'ELLE A EU LE CULOT DE ME RÉPONDRE ?... QUE C'ÉTAIT UN MONDE COMME LES AUTRES ET QUE...
BOUCLE-LA, OU VA FAIRE UN TOUR!
BONJOUR, BOB. JE VOUS ATTENDAIS. VOUS DEVRIEZ DIRE À KORIAN MUNSHINE (*) QU'IL AURAIT TOUT INTÉRÊT À CONTACTER UN AMI À MOI. ROMAN SOBSQUERCHMAN, DIT "SOBS'-FILE-SOUS-TERRE"!...
(*)Korian Munshine : Père d'Axle.
20 11

JE CONNAIS KORIAN ET SES MÉTHODES, MAIS TOUT DE MÊME! JE N'AIMERAIS PAS QUE CE FOUTU FILM TOMBE ENTRE LES MAINS DE QUI VOUS SAVEZ... ON NOUS REGARDE. SORTONS D'ICI!
VOUS ÊTES SÛR DE VOTRE "RELAIS"?... ÇA VA, J'AI CONFIANCE EN KORIAN... RAPPELEZ-VOUS: ROMAN SOBSOUERCHMAN... ALLEZ-Y DE MA PART!
QUOI?... OH, ÇA, C'EST FACILE... EN DEHORS DE LA SAISON DES CHASSES, VOUS LE TROUVEREZ SUR PRIMUS III, AU FOND DU CRATÈRE PRINCIPAL...
...OUAIS!... C'EST LÀ, SUR CE CAILLOU FAUSSEMENT DÉSOLÉ EN SURFACE, AUX ABORDS DE KÔHMA, QU'IL "TRAITE" SA MARCHANDISE AVEC DES RECETTES CONNUES DE LUI SEUL...
MERCI, JE RECOMPTE PAS. KORIAN EST RÉGULIER... ET DITES-LUI BIEN QU'IL SE MÉFIE! SOBS-FILE-SOUS-TERRE EST UN SACRÉ FOUTU MALIN...
C'EST L'UN DES RARES BRACOS, LE SEUL PEUT-ÊTRE, À AVOIR SU ÉCHAPPER À LA MILICE KÔHMÉDIENNE! VENEZ! NE RESTONS PAS TROP LONGTEMPS AU MÊME ENDROIT...
...CE QU'IL FAIT?!?... CETTE QUESTION! DE LA CONTREBANDE, MON VIEUX!
...IL CAPTURE DES MASQUES ET LES NATURALISE... OUAIS! IL Y A DES CLIENTS POUR ÇA, ET QUI PAIENT CHER... DRÔLEMENT CHER, MÊME...
MAIS, VU LE DANGER, ÇA LES VAUT PARCE QUE, J'AI VU ÇA UNE FOIS, QUAND ON ARRACHE TOUT VIVANT SON MASQUE À UN KÔHMÉDIEN, IL...
SCRATCH
21 11

CETTE FOIS, C'EST FINI, AXLE. J'AI RACLÉ TOUS LES FONDS DE TIROIRS ET JE N'AI PLUS RIEN À VOUS PROJETER...
C'EST BON, MERCI, MATT!... EPARPILLEZ TOUT ÇA DANS LES MÉMOIRES DU BORD AFIN QUE VOUS SOYEZ LE SEUL À POUVOIR REMETTRE LA MAIN DESSUS...
QU'EST-CE QUE TU MIJOTES, FOUTU PENDARD?
J'EN SAIS SUFFISAMMENT COMME ÇA!
QUAND LE VENT TRAVERSE LA FLÛTE, C'EST LE MOMENT DE BOUGER LES DOIGTS...
VOILÀ UNE FORMULE QUI N'EST SÛREMENT PAS DE TOI. TRADUCTION?
EN ROUTE. CAP DIRECT SANS DÉRIVE, DROIT DEVANT SUR PRIMUS III
ET PRIONS LE DIEU DES FOUS NOTRE MAÎTRE POUR QUE SOBS-FILE-SOUS-TERRE SOIT TOUJOURS EN VIE!
22/11

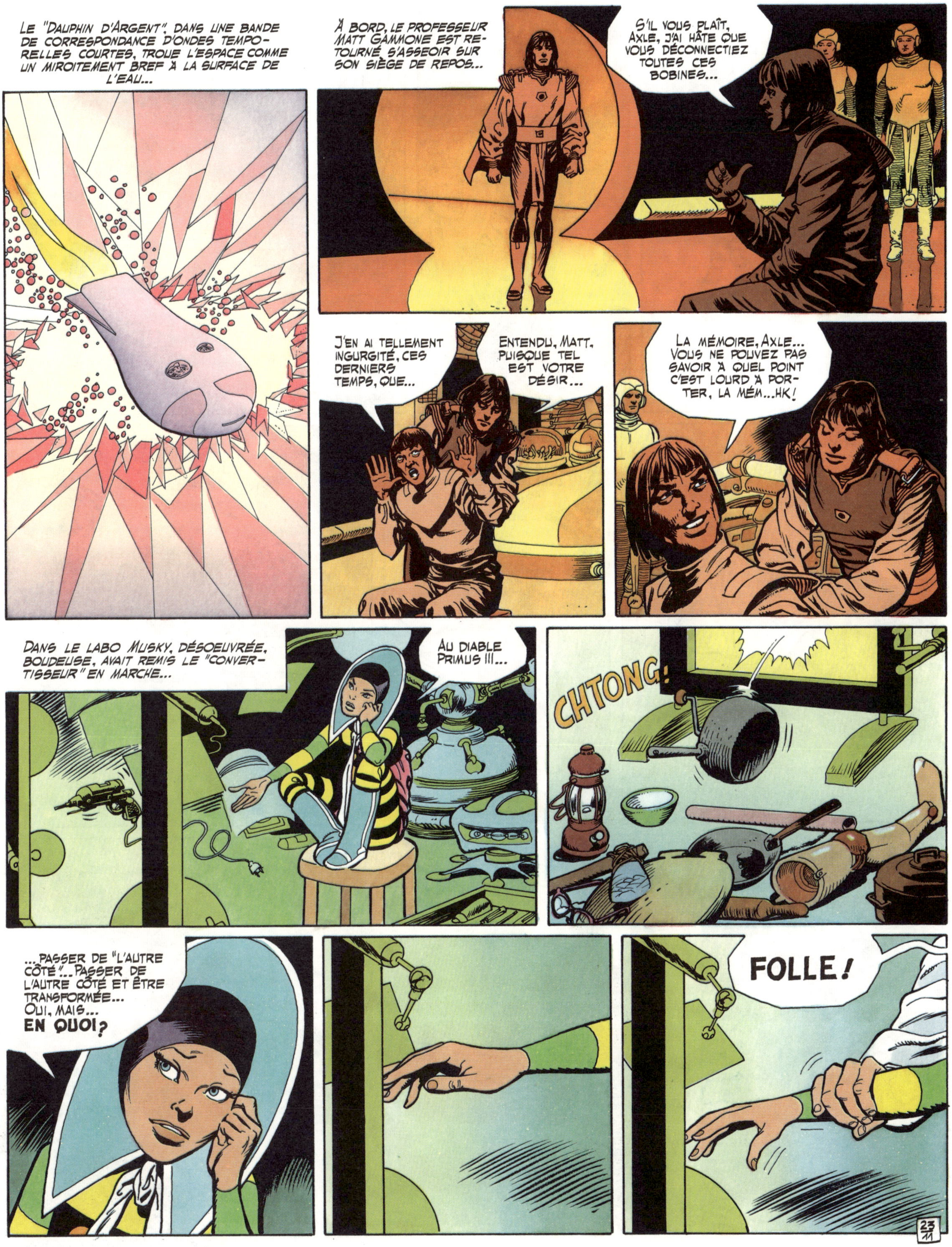

LE "DAUPHIN D'ARGENT", DANS UNE BANDE DE CORRESPONDANCE D'ONDES TEMPORELLES COURTES, TROUE L'ESPACE COMME UN MIROITEMENT BREF À LA SURFACE DE L'EAU...
À BORD, LE PROFESSEUR MATT GAMMONE EST RETOURNÉ S'ASSEOIR SUR SON SIÈGE DE REPOS...
S'IL VOUS PLAÎT, AXLE, J'AI HÂTE QUE VOUS DÉCONNECTIEZ TOUTES CES BOBINES...
J'EN AI TELLEMENT INGURGITÉ, CES DERNIERS TEMPS, QUE...
ENTENDU, MATT. PUISQUE TEL EST VOTRE DÉSIR...
LA MÉMOIRE, AXLE... VOUS NE POUVEZ PAS SAVOIR À QUEL POINT C'EST LOURD À PORTER, LA MÉM...HK!
DANS LE LABO MUSKY, DÉSOEUVRÉE, BOUDEUSE, AVAIT REMIS LE "CONVERTISSEUR" EN MARCHE...
AU DIABLE PRIMUS III...
CHTONG!
...PASSER DE "L'AUTRE CÔTÉ"... PASSER DE L'AUTRE CÔTÉ ET ÊTRE TRANSFORMÉE... OUI, MAIS... EN QUOI?
FOLLE!
23/11

DÉCIDÉMENT, TU ES INCORRIGIBLE! IMPOSSIBLE DE TE LAISSER DEUX MINUTES TOUTE SEULE...
TU SAIS TRÈS BIEN QUE, QUAND JE M'ENNUIE, JE SUIS CAPABLE DE N'IMPORTE QUOI...
FLAOCHT
LA PAIX, AVEC TES ÉTATS D'ÂME!
ÇA TE RAFRAÎCHIRA LES IDÉES... ENFIN, QUAND JE DIS LES IDÉES...
PROMMMFTTT...
ET LES TIENNES, D'IDÉES, QUAND VIENDRAS-TU LES RAFRAÎCHIR AVEC MOI, HEIN, DIS, AXLE...
OH, AXLE! HÉ! RESTE LÀ!... REGARDE UN PEU PAR ICI!... AXLE!?!
TROP CHAUDE, CETTE EAU. IL FAUDRA QUE JE PENSE À EN BAISSER LA TEMPÉRATURE...
SUR XYLOS, LE MÉDIAT SUPRÊME SUIT LA MARCHE DU VAISSEAU ET S'INQUIÈTE...
FOLIE!
SUR KOHMÉDY, ON VIENT D'ARRÊTER UN AGITATEUR...
...IL PORTAIT UN MASQUE MORT, NATURALISÉ!
TUEZ-LE!!!

IL FAUDRA BIEN QU'UN JOUR ON ARRIVE UNE BONNE FOIS POUR TOUTES À TARIR L'ABATTAGE CLANDESTIN DES MASQUES ET LEUR TRAFIC INTOLÉRABLE...
TOUS LES BRACOS ONT ÉTÉ ÉLIMINÉS MÉTHODIQUEMENT, LES UNS APRÈS LES AUTRES, GRAND KÖHM! IL N'EN RESTE PLUS QU'UN, LE PLUS VIEUX. MAIS C'EST AUSSI LE PLUS HABILE, LE PLUS SUBTIL, LE PLUS RAPIDE À PASSER AU TRAVERS DES MAILLES DU FILET!...SEULEMENT, CETTE FOIS...
...J'AI UNE PISTE!
PRIMUS III ARRÊT-BUFFET, TOUT LE MONDE DESCEND!
DIS DONC! JE PENSE À UN TRUC...CE FILM, LÀ, A ÉTÉ TOURNÉ DU VIVANT DE TON PÈRE...ÇA FAIT UNE ÉTERNITÉ. À SUPPOSER QU'IL SOIT ENCORE VIVANT, COMMENT PEUX-TU PENSER QUE L'HOMME QUE TU RECHERCHES UTILISE TOUJOURS LA MÊME CACHETTE?...C'EST IDIOT!
TU RAISONNES TROP, PETIT CLOWN. C'EST ÇA QUI EST IDIOT.
HO, DIS, RAISONNER UN TANTINET DE TEMPS À AUTRE NE PEUT PAS...
C'EST L'EXERCICE FAVORI DES GROS CULS QUI SE SENTENT TOUT NUS SANS UN FAUTEUIL AUTOUR. LE TYPE DU FILM DISAIT: "AU FOND DU CRATÈRE PRINCIPAL". BON. ALLONS-Y VOIR!

AUCUNE CONFUSION POSSIBLE. ÇA NE PEUT ÊTRE QUE CELUI-LÀ...
FROOOWWFF...
COMMENT QUELQU'UN POURRAIT-IL SE CACHER ICI ? IL N'Y A RIEN QUE DE LA POUSSIÈRE NOIRE ET UN ROCHER LUSTRÉ COMME LA PEAU DES FESSES D'UNE VIEILLE CATIN ! AUCUNE CACHETTE POSSIBLE...
DOUCEMENT...
...LE TYPE DISAIT : "SUR CE CAILLOU FAUSSEMENT DÉSOLÉ EN SURFACE..." CETTE PHRASE RECÈLE UN SENS CACHÉ !
BAH ! DES BOBARDS DE TRAÎNEUR DE SABRE QUE TOUT CELA, DES RAGOTS DE PILIER DE TAVERNES, DES BALOURDISES RECUITES DE CIRRHOSÉ DU CIGARE, DES...
HEEEYY...?!?
26/11

MUSKY!?!
PAR L'ANGE IMMONDE! CE N'EST PAS POSSIBLE!?!... JE L'AI VUE, LÀ, SOUS MES YEUX, PASSER AU TRAVERS DU ROC AUSSI FACILEMENT QUE DANS L'EAU D'UN LAC MORT...
...OU PEUT-ÊTRE ÉTAIT-CE UN PEU PLUS VERS...
ICI!
C'EST LÀ, AXLE!... UNE FAILLE IMPERCEPTIBLE... UNE FENTE TRÈS ÉTROITE ... ESSAIE DE TE FAUFILER, JE VAIS TE GUIDER!
FOUTREGLOCHE! LE MONDE EST GORGÉ DE PRODIGES INOUÏS! QU'EST-CE QUE C'EST QUE CE TRUC?
UNE HERNIE SPATIALE!(*)
(*) HERNIE SPATIALE: DISTORSION DE L'ESPACE ENTRAÎNANT UN DÉSÉQUILIBRE DES PERCEPTIONS SENSORIELLES. EN PRINCIPE QUANTIFIABLE, CETTE DISTORSION SE TRADUIT PAR DES DIFFÉRENCES CONSIDÉRABLES ENTRE – PAR EXEMPLE – LES DIMENSIONS "INTÉRIEURES" ET "EXTÉRIEURES" D'UN OBJET. (LIRE "DE L'INFINITÉ DES ESPACES POSSIBLES ET DE LEUR INTERPÉNÉTRATION", DE O. OSLBOUCHY. VOIR ÉGALEMENT LES TRAVAUX DE BOSCOVICH.)
SOTTISES! ÇA N'EXISTE PAS! AUCUNE MÉTHODE SCIENTIFIQUE N'A JAMAIS PU DÉCELER QUELQUE PART LEUR EXISTENCE...
C'EST BIEN POUR CELA QU'ON NE PEUT RÊVER MEILLEURE CACHETTE, GRAND KOHM!...
MAIS, CETTE FOIS, LE HASARD NOUS A SERVI! C'EST AU COEUR DE L'UN DE CES PHÉNOMÈNES QUE LE DERNIER BRACO SE RÉFUGIE DEPUIS TOUJOURS, ET C'EST LÀ QUE, DANS QUELQUES INSTANTS, MES HOMMES VONT LE CUEILLIR: SUR "GALVA 7"! (*)
(*) Galva 7, astéroïde situé à 3,72 années-lumière de Primus III. Les hernies spatiales ont **toujours** une entrée et une sortie.
27/11

AINSI TU CROIS QUE C'EST ICI, À L'INTÉRIEUR DE CE ROCHER NOIR, QUE LE TYPE QUE TU CHERCHES SE DISSIMULERAIT?
NOUS N'ALLONS PAS TARDER À LE SAVOIR...
LÀ, C'EST BIEN. CONTENTE-TOI DE TE MONTRER, FOLLE-GROSEILLE, NE DIS RIEN, NE BOUGE PAS ET N'AIE PAS PEUR!
FENTAGERBE! UNE KOHMÉDIENNE!?! ET PRESQUE AUSSI JEUNE QUE MOI!... ÇA NE COLLE PAS, ON FAIT FAUSSE ROUTE, MON BONHOMME...
PAS SI SÛR!
NE BOUGEZ PAS VOS MAINS, M'SIEUR, ET RESTEZ OÙ VOUS ÊTES, OU JE VOUS TRANSFORME EN SOUVENIR VAGUE, AUSSI FACILEMENT QU'UNE GOUTTE D'HUILE QUI S'ÉGARE DANS LA GUEULE D'UN FOURNEAU!
?!?
ECARTE-TOI, FOLLE-GROSEILLE, QUE JE FOUILLE CET ÉTRANGE QUIDAM, ET SURVEILLE LA DONZELLE PENDANT CE TEMPS-LÀ!...
QUI ÊTES-VOUS, M'SIEUR?
JE M'APPELLE AXLE MUNSHINE, LE FILS DE KORIAN. ET VOUS, VOUS ÊTES LE VIEUX ROMAN SOBSQUERCHMAN, DIT "SOBS-FILE-SOUS-TERRE"!
28 11

LE FILS DE KORIAN!?!... PAR MES DIEUX PENDARDS ET LUBRIQUES! J'AURAIS DÛ M'EN DOUTER, TU ES SON PORTRAIT TOUT CRACHÉ, MON GARÇON!...
JE SAIS.
TU ES PEUT-ÊTRE LE DERNIER AMI VIVANT QUI ME RESTE À CONNAÎTRE LE SECRET DE MA RETRAITE... SUIVEZ-MOI! J'AI TOUJOURS UN CRUCHON AU FRAIS...
SERS-LES COPIEUSEMENT, FOLLE-GROSEILLE.
PARLEZ-MOI DE MON PÈRE...
C'ÉTAIT UN HOMME EXTRAORDINAIRE, COMPLEXE ET CURIEUX DE TOUT, ET IL ÉPROUVAIT POUR KOHM DES SYMPATHIES ÉVIDENTES...
IL M'AVAIT CHARGÉ DE L'APPROVISIONNER LARGEMENT EN MASQUES VIVANTS DE TOUTES SORTES, POUR LES ÉTUDIER ET COMPRENDRE POURQUOI LES "GREFFES" NE PRENNENT QUE SUR DES KOHMÉDIENS...
JE CROIS QU'IL AVAIT DANS L'IDÉE DE SE CHOISIR UNE DE CES SALETÉS DE MÉDUSES, J'IGNORE LAQUELLE, ET DE SE "SYMBIOPARER"! VOILÀ MON IDÉE!...
HUM!... J'AI DU MAL À VOUS SUIVRE... SAVEZ-VOUS S'IL A EU LE TEMPS D'ÉLUCIDER LE MYSTÈRE AVANT DE MOURIR?
AUCUN MYSTÈRE NE RÉSISTAIT LONGTEMPS À TON PÈRE, MON GARÇON!... J'AJOUTE QUE... SLURFFF!...
...KORIAN N'EST PAS MORT! ÇA, C'EST LA GUILDE QUI LE PRÉTEND, DEPUIS VINGT ANS, VA DONC SAVOIR POURQUOI! ...NON, NUL NE SAIT S'IL EST MORT...
...IL A DISPARU, FPFT! ET C'EST TOUT!!!

ALLONS DONC ! DÉLIRE QUE TOUT CELA ! QUEL MASQUE MON PÈRE AURAIT-IL PU AMBITIONNER DE PORTER ?... QUEL MASQUE AURAIT ÉTÉ À SA TAILLE ? LEQUEL, À PART...
EH BIEN, POURQUOI NE PAS LE DIRE ?... AUCUN, EN EFFET, À PART... CELUI DU GRAND KÖHM !!!
NON. C'EST IMPOSSIBLE. JE REFUSE D'Y CROIRE !
JE SAIS, JE SUIS UN VIEUX FOU. N'EMPÊCHE ! J'ÉTAIS SON AMI, ET J'AI BATTU TOUS LES RECORDS DE LONGÉVITÉ POUR UN BRACO ! PAS NORMAL, ÇA !
LE FAIT EST QUE JE N'ARRIVE PAS À COMPRENDRE POURQUOI ON CHOISIT UNE VIE COMME LA VÔTRE, VIEILLARD...
IL Y A DES CHOSES POUR LESQUELLES UN HOMME EST ET SERA TOUJOURS PRÊT À SE DAMNER, PETITE... IL Y A PEU ENCORE, J'ENTRETENAIS DANS CETTE HERNIE UN TROUPEAU DE FEMELLES TOUTES PLUS ARDENTES LES UNES QUE LES AUTRES ! ET SAIS-TU POURQUOI ELLES M'AVAIENT SUIVI ?...
PARCE QU'IL Y A LÀ-DEDANS UN MASQUE DE VIDÉO-CASANOSÉDUCTEUR !!!
DANS TOUTE LA CONSTELLATION DE KOHMA, IL N'EXISTE PAS UNE FEMELLE QUI SOIT CAPABLE D'Y RÉSISTER PLUS DE TROIS MINUTES !
OH-OUI-OH-OUI ! S'IL TE PLAÎT, METS-LE ! METS-LE POUR MOI ! METS-LE MOI !!!
30 11

MAIS?!?... CES BRUITS LOINTAINS... CES CAVALCADES ÉTOUFFÉES... CES CRIS QU'ON ÉCHANGE...
LA MILICE KOHMÉDIENNE!!
ILS ONT TROUVÉ LE PASSAGE SUR GALVA!
C'EST FINI.
FINI?... POURQUOI?... PEUT-ÊTRE IGNORENT-ILS L'EXISTENCE DE LA FAILLE SUR PRIMUS, OU SON EMPLACEMENT... CELA NOUS LAISSE LE TEMPS DE...
VOUS TROIS, FICHEZ LE CAMP! MOI, JE VAIS LES RETARDER!
SURTOUT PAS! ILS SONT TROP NOMBREUX ET VOUS RÉVÉLERIEZ VOTRE PRÉSENCE... C'EST MOI QU'ILS CHERCHENT, PAS VOUS!... PENSEZ À VOTRE ... VOUS N'AIMERIEZ PAS QU'ELLE TOMBE ENTRE LEURS PATTES?...
JE SUIS VIEUX ET J'AI VÉCU LA PLUS BELLE DES VIES... NE M'ATTENDEZ PAS! COUREZ!... COUREZ!! COUREZ!!!
IL A RAISON! ACTIVE, OU TU VAS SERVIR DE PASSE-TEMPS À UNE BANDE DE SOUDARDS!...

CE N'EST PAS LE MOMENT DE RESTER COINCÉE, LE TEMPS PRESSE!
N'EN PROFITE PAS, SALIGAUD!
QU'EST-CE QUI TE PREND TOUT D'UN COUP? C'EST QUOI? LE CHANGEMENT DE TEMPÉRATURE?
S'ILS NOUS ONT VUS ET S'ILS SE RISQUENT DE CE CÔTÉ-CI, ILS NE PEUVENT APPARAÎTRE QUE L'UN DERRIÈRE L'AUTRE... S'ILS ESSAIENT, JE LES ALLUME!
MAIS RIEN NE VINT, ET DU TEMPS, LENTEMENT, PASSA...
ILS ONT DÛ RATTRAPER LE VIEUX SOBS, ET LUI RÉGLER SON COMPTE QUELQUE PART, DANS LA MONTÉE...
JE VAIS ALLER Y VOIR...
OH, AXLE! PSST! HÉ, JE PEUX VENIR?... AXLE, FOUTU CHIEUR, RÉPONDS, FENTASKOUSS!
32
11

TU POURRAIS FAIRE UN EFFORT QUAND ON T'APPELLE !...
IL EST...
MORT ?... OUI, AUSSI MORT QU'UNE SOUCHE.
QU'EST-CE QUE TU CHERCHES ?
COMMENT LE SAURAIS-JE AVANT D'AVOIR TROUVÉ.
KRAC
KROC
ÇA T'INTÉRESSE ?
PLUTÔT, OUI.
C'EST QUOI, CE MACHIN QUE TU LUI RETIRES DU DOIGT ?
UNE MICROSARBAK. UNE ARME ANCIENNE, À COMPRESSION. TRÈS ASTUCIEUSE...
UN TRUC DE "BRACO DES VILLES"...
?!?
MHMNNN... MHOOOHMNN... MHN...

LA KÔHMINETTE!!!
LES SALAUDS! QUE DIT-ELLE?
IL... IL... EN RESTE...
OÙ?
DANS LA RÉSERVE SECRÈTE... SOUS L'ÉNORME ...SOUCHE... DERRIÈRE LA RAVINE...
JE VEUX UN... "PATERBLANCHISSEUR"... POUR ME... CONFESSER ET ALLER... JOUER DANS LES DOUX JARDINS D'AMOUR DES... ENFANTS INNOCENTS...
ÇA VA, J'AI COMPRIS CE QU'ELLE DEMANDE. OCCUPE-TOI D'ELLE...

DEMANDE-LUI À QUOI ÇA RESSEMBLE, UN MASQUE DE "PATERBLANCHISSEUR" !
C'EST TROP TARD, AXLE !
DANS CE CAS, NE NOUS ATTARDONS PAS, VIENS ! ILS VONT PROBABLEMENT REVENIR POUR FAIRE PASSER CETTE "HERNIE" AU CRIBLE PAR DES SPÉCIALISTES...
AXLE ! NE DIS RIEN, NE BOUGE PAS...
UN MILICIEN ?
NON ! UNE SILHOUETTE FURTIVE... JE L'AI REPÉRÉE QUI TE SUIVAIT SANS UN BRUIT QUAND TU ES VENU VERS MOI...
OÙ EST-ELLE ?
ELLE NOUS SURVEILLE DEPUIS LES FOURRÉS, À CINQ PAS D'ICI, JUSTE DERRIÈRE TOI...
PAR LES DIEUX ! CETTE CHOSE EST TROP RAPIDE ET N'A RIEN D'HUMAIN !!!
35 11

PUTENTRAILLES ! QU'EST-CE QUE C'EST ?
PAS LA MOINDRE IDÉE, MAIS C'EST FAMEUSE-MENT VÉLOCE, ET C'EST ENTRÉ LÀ-DEDANS !
C'EST TOUT NOIR, LÀ-DESSOUS N'Y VA PAS, AXLE !
RÉFLÉCHIS, PETIT CLOWN ! UNE CHOSE EST CERTAINE : LE VIEUX SOBS BRACONNAIT SANS VAISSEAU, NI BARGE INDIVIDUELLE, SINON, IL AURAIT ÉTÉ VITE REPÉRÉ !
TU VEUX DIRE QUE...
MAIS OUI, BIEN SÛR, C'EST LE BON SENS MÊME ! QUELQUE PART, CETTE "HERNIE" OUVRE DIRECTEMENT SUR L'UNE DES PLANÈTES DE KOHMA, CE QUI PERMETTAIT AU VIEUX BRACO D'ÊTRE TRÈS LOIN, ET TOUT PRÈS TOUT À LA FOIS...
TU AS VITE FAIT D'ARRANGER LES CHOSES À TA FAÇON, TOI...
L'ESPACE N'EST RIEN, PETIT CLOWN, RIEN QU'UN FANTASME DE MACHINE À CALCULER ...TIENS ! LÀ, REGARDE !...
FOUTREPUT !!!
36
11

TOUT DE MÊME!... DEUX MAUVAISES PLANCHES CONTRE UN MUR POUR DÉLIMITER UNE FAILLE SPATIO-DIMENSIONNELLE... C'EST... COMMENT DIRE...
QU'EST-CE QUE TU AURAIS VOULU? UN GROOM AVEC DES BOUTONS DORÉS?... UNE ENSEIGNE LUMINEUSE CLIGNOTANTE? ...DES PANNEAUX DE SIGNALISATION FLÉCHÉS?...
JE VEUX DIRE QUE SOBS DEVAIT CONNAÎTRE CET EMPLACEMENT PAR COEUR!... QU'IL N'AVAIT PAS BESOIN DE... QUE CE N'EST PAS LUI QUI A... C'EST TROP SIMPLE, IL Y A UN PIÈGE!!!
ALLONS BON! MON PETIT CLOWN DEVIENDRAIT-IL MÉFIANT, TOUT D'UN COUP? ...VOILÀ UNE NOUVEAUTÉ...
NE RICANE PAS. LA SILHOUETTE ENTREVUE TOUT À L'HEURE S'EST VOLONTAIREMENT FAIT REMARQUER POUR NOUS ATTIRER JUSQU'ICI!...
JUSTE.
ON... ON SOUHAITE TE FAIRE PASSER PAR CETTE FAILLE... TU... TU... TU VAS Y ALLER?!?
ATTENTION!
KRAAAK
BRAOOOMM...

LE... LA GROTTE, DERRIÈRE NOUS, S'EST COMPLÈTEMENT EFFONDRÉE...
VOILÀ DONC QUI RÉPOND À TA QUESTION...
ON VEUT NOUS CONTACTER. C'ÉTAIT RÉCIPROQUE. CET EXCÈS THÉÂTRAL DE PRÉCAUTIONS ÉTAIT BIEN INUTILE.
TU VIENS?
QU'EST-CE QUE TU VEUX QUE JE FASSE D'AUTRE?
FOUTRECHIASSE! LE PASSAGE A ÉTÉ SACRÉMENT LONG, CETTE FOIS...
NOUS AVONS DÛ FRANCHIR UNE DISTANCE CONSIDÉRABLE.
À TON AVIS, NOUS SOMMES OÙ?
COMMENT SAVOIR? ...AILLEURS... TRÈS LOIN... DANS LES SOUTERRAINS ABANDONNÉS D'UNE TRÈS VIEILLE CITÉ...
JE ME DEMANDE...
LAISSE TOMBER! ON A TOUT PRÉVU POUR NOUS. REGARDE! IL SUFFIT DE SE LAISSER TRANQUILLEMENT CONDUIRE...
38

C'EST INOUÏ !... CE TYPE ME TUE !... J'AIMERAIS BIEN SAVOIR D'OÙ TE VIENT UNE TELLE ASSURANCE. FOUTU ROULEUR DE MÉCANIQUES !?!
JE SAIS. LE PRÉSENT EST LOURD DE TOUS LES DANGERS QUI SE TAPISSENT AUTOUR DE NOUS, DANS L'OBSCURITÉ... MAIS JE SAIS AUSSI QUE L'AVENIR EXISTE : JE L'AI VU EN RÊVE.
BARJO ! COMPLÈTEMENT BARJO !... ET MOI QUI FILE LE TRAIN À UN BARJO... BOUFREMIASME ! OÙ EST-CE QUE TOUT CELA VA NOUS CONDUIRE ?
MA FOI, PROBABLEMENT LÀ OÙ JE VOULAIS ALLER, PETIT CLOWN... PARCE QUE, REGARDE AUTOUR DE TOI ! C'EST SÛREMENT ICI QUE CETTE VIEILLE CANAILLE DE SOBS-FILE-SOUS-TERRE A GAGNÉ SON SURNOM !!!
AH, TU CROIS ?... SI C'EST ICI QU'IL A APPRIS À FILER, ALORS PEUT-ÊTRE QU'ON FERAIT BIEN D'EN FAIRE AUTANT !... REGARDE !

TU VOIS, ON NOUS ATTEND.
AXLE, J'AI FROID!
40
11

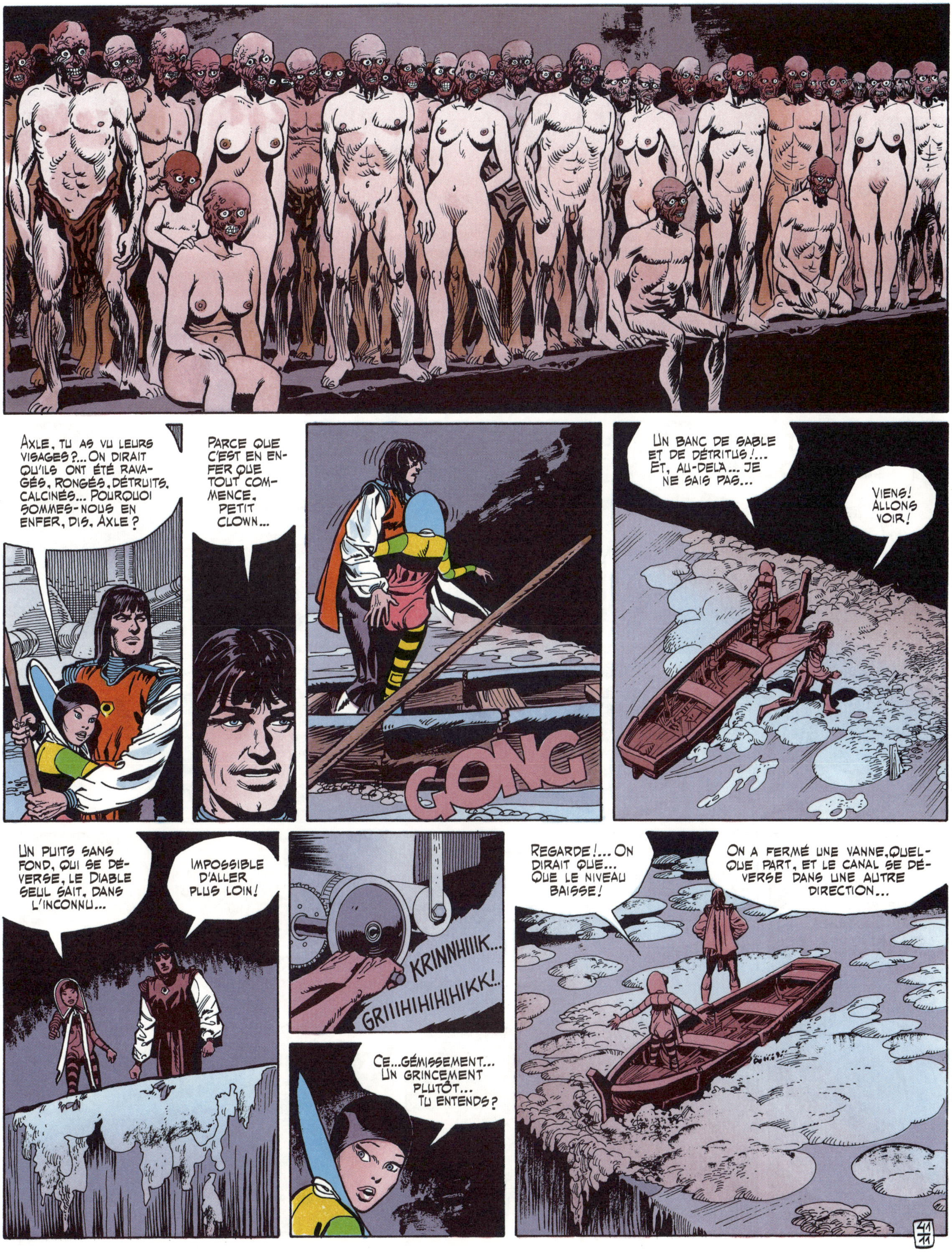
AXLE, TU AS VU LEURS VISAGES ?... ON DIRAIT QU'ILS ONT ÉTÉ RAVAGÉS, RONGÉS, DÉTRUITS, CALCINÉS... POURQUOI SOMMES-NOUS EN ENFER, DIS, AXLE ?
PARCE QUE C'EST EN ENFER QUE TOUT COMMENCE, PETIT CLOWN...
GONG
UN BANC DE SABLE ET DE DÉTRITUS !... ET, AU-DELA... JE NE SAIS PAS...
VIENS ! ALLONS VOIR !
UN PUITS SANS FOND, QUI SE DÉVERSE, LE DIABLE SEUL SAIT, DANS L'INCONNU...
IMPOSSIBLE D'ALLER PLUS LOIN !
KRINNHIIIK...
GRIIIHIHIHIHIKK !..
CE... GÉMISSEMENT... UN GRINCEMENT PLUTÔT... TU ENTENDS ?
REGARDE !... ON DIRAIT QUE... QUE LE NIVEAU BAISSE !
ON A FERMÉ UNE VANNE, QUELQUE PART, ET LE CANAL SE DÉVERSE DANS UNE AUTRE DIRECTION...

POUTREMERDAILLES ! DANS QUELQUES INSTANTS, SI L'ENVIE LEUR EN PREND, ILS POURRONT VENIR JUSQU'À NOUS À PIEDS SECS !
CE SONT EUX QUI ONT TUÉ "LE TROQUEUR"!!!
"LE TROQUEUR"? ... QUI EST LE TROQUEUR ?
LE VIEUX SOBS, BIEN ENTENDU... JE COMMENCE À ENTREVOIR LES MAILLES DU PIÈGE DANS LEQUEL ON NOUS A ATTIRÉS...
ILS ONT TUÉ "LE TROQUEUR!
ILS ONT TUÉ "LE TROQUEUR"!
ILS ONT TUÉ "LE TROQUEUR"!
ILS ONT TUÉ "LE TROQUEUR"!
AXLE, À MOINS QUE TU N'AIES UNE MEILLEURE IDÉE, JE NE VOIS PLUS QU'UNE SOLUTION... SORS TON FLINGUE !
LE FLINGUE N'Y CHANGERA RIEN. ILS SONT DES MILLIERS...
FOUTREBLÈME ! ESSAIE QUAND MÊME OU PASSE-LE MOI ! JE NE VEUX PAS FINIR DISPERSÉE EN PETITS BOUTS DANS UN ÉGOUT SOUS LE PRÉTEXTE QUE TU AS CRU VOIR NOTRE AVENIR EN RÊVE !!!
FWUUIIIZZ
BANG
AAAAARRGH
42 77

BAS LES PATTES. LARVES DÉMONIAQUES!
ACTIVE-TOI UN PEU, EMPOTÉE! CE N'EST PAS LE MOMENT DE FAIRE DU TRICOT!
SI... SEULEMENT J'AVAIS... LE PIED POSÉ SUR QUELQUE CHOSE...
WHIIIZZ...
BANG
FHIIZZZ...
KFRAK
VENEZ!
HEIN?
LA FILLE!
C'EST ELLE QUE J'AI ENTREVUE DANS LES BUISSONS, QUI NOUS SURVEILLAIT, ET NOUS A ENTRAÎNÉS JUSQU'ICI! AXLE, MÉFIE-TOI! C'EST ELLE!
JE... JE NE SAVAIS PAS QUE CELA DEVAIT TOURNER AINSI...
JE... VOUS LE JURE!
LE FOUINEUR NE M'AVAIT PAS DIT QU'IL LAISSERAIT LA RUMEUR SE RÉPANDRE PARMI LA FOULE DES "EFFACÉS"!...
PAR LES DIEUX DU FOND DES ABYSSES! MAIS OÙ SOMMES-NOUS DONC ICI?
COMMENT? VOUS EN DOUTEZ ENCORE?
MAIS NOUS SOMMES SUR KÔHMEDY (*)
?!?
OH, AXLE, PLUS TARD LES MISES AU POINT TOPOGRAPHIQUES!... EN VOILÀ D'AUTRES!!
(*) Kôhmedy: planète centrale du Royaume de Kôhm.

NE POURRAIT-ON PAS LEUR EXPLIQUER QUE NOUS NE SOMMES POUR RIEN DANS LA MORT DU VIEUX SOBS ?
LE FOUINEUR A FAIT COURIR LE BRUIT, ET SEUL LE FOUINEUR POURRAIT FAIRE COURIR LE BRUIT CONTRAIRE...
VAS-TU CESSER DE FINASSER, FOUTU CHIPOTEUR DE CHEVEUX FOURCHUS! BATS-TOI!
TU LE SAIS BIEN, POURTANT! LE GOÛT DU COMBAT NE ME VIENT QUE QUAND... J'AI LE DESSOUS!
BRAONNG
FRAOOOMMNG
NOUS VOILÀ TRANQUILLES POUR UN MOMENT...
MAIS, CETTE FOIS, J'AI MIS LA GOMME... MON FLINGUE EST COMPLÈTEMENT VIDÉ, ET IL FAUDRA DES HEURES POUR RECHARGER SES BATTERIES...
L'ÉBOULIS NE TIENDRA PAS LONGTEMPS... ILS AURONT VITE FAIT DE SE FRAYER UN PASSAGE ET, PAR ICI, JE NE CONNAIS PAS D'ISSUE...
LE FOUINEUR AVAIT UN BUT EN NOUS FOURRANT DANS CE GUÊPIER?
LE FOUINEUR EST LE PLUS RUSÉ DES "EFFACÉS"... IL FAIT PARTIE DE CEUX QUI TIRENT LES FICELLES DANS "KOHMÉDY L'ANCIENNE"... IL SAIT TOUJOURS CE QU'IL FAIT!
IL FAUDRAIT CONCLURE UN MARCHÉ AVEC LUI... COMMENT LE TROUVER?
NUL NE LE SAIT! LE FOUINEUR N'APPARAÎT QUE QUAND ÇA LUI CHANTE ... LE RESTE DU TEMPS, IL RÔDE DANS LES BOYAUX LES PLUS PROFONDS, LÀ OÙ IL NE FAIT PAS BON S'AVENTURER...

OÙ MÈNE CE PUITS?
LÀ-HAUT, À DES MILLIERS DE COUDÉES, JUSTE AU-DESSUS DE NOUS, ON RACONTE QUE C'EST LÀ QUE SE DRESSE LE PALAIS IMPÉRIAL...
...LÀ OÙ SE TROUVE LE TRÔNE DU GRAND KÔHM!
ET LÀ-DESSOUS?
LE PUITS DESCEND TOUT DROIT JUSQU'AU COEUR DE KÔHMÉDY, LÀ OÙ TOUT SE PUTRÉFIE, FERMENTE ET POURRIT, JUSQU'AU NOYAU CENTRAL PURULENT...
QU'EST-CE QUE C'EST?!?
UN BOMBYX!
C'EST UN BALLON GONFLÉ DES GAZ DE PUTRÉFACTION... ILS SERVENT DE MOYEN DE COMMUNICATION ENTRE LES DIFFÉRENTS NIVEAUX, POUR FAIRE TRANSITER DES CHARGES OU DES MOTS D'ORDRES, ET SOUVENT EXPLOSENT SPONTANÉMENT...
TOUJOURS VIDE.
AXLE, ÇA Y EST! ILS ONT REPOUSSÉ L'ÉBOULIS! DANS UN INSTANT, ILS SERONT SUR NOUS... TON FLINGUE?
UNE AUTRE ISSUE?
IL N'Y EN A PAS.
ALORS IL FAUT SAUTER!
45/11

POURQUOI NOUS AVOIR AIDÉS ?
DANS MA VIE D'AVANT, DU TEMPS OÙ J'ÉTAIS "ENRÔLÉE", J'AI AIMÉ UN HOMME... UN "ASSASSIN"! IL AVAIT TON VISAGE...
HEIN ? HÉ ?...
ALORS NE PERDONS PAS DE TEMPS, VIENS! SAUTE!
C'EST IMPOSSIBLE, C'EST DÉFENDU!
SAUTER ? COMME ÇA, DANS LE VIDE ? MAIS, HO, TU N'Y PENSES PAS SÉRIEUSEMENT!
HAHIIIIII!
SAUTE!
HEEE!?!
AXLE... PAUVRE FOU!...
TU AS PRÉFÉRÉ L'ENFER À LA RÉALITÉ...
TA MAIN! DONNE-MOI TA MAIN!
...CET AVENIR QUE TU AS CRU TOUCHER DU DOIGT... C'ÉTAIT UN RÊVE...
...UN RÊVE!!!
NON! ...IL ÉTAIT CHAUD ET DOUX... ET PALPITAIT CONTRE MES LÈVRES...
...IL ÉTAIT VIVANT, ET IL M'ATTENDAIT...
...LE NOM DE TON AVENIR... DIS-MOI SON NOM! SON NOM!
DIS-LE... AVANT QUE TOUT FINISSE... DIS-LE!
MON AVENIR S'APPELAIT...
Fin
LA SUITE DE CET ÉPISODE DANS LA PROCHAINE AVENTURE DU VAGABOND DES LIMBES : "LES LOUPS DE KÔHM".
46 11